L'île des esclaves

FichesdeLecture.com

L'ÎLE DES ESCLAVES (FICHE DE LECTURE)   4

sa
socia
de la fo
ordre. C'es
habits et leur
De plus, ces a
anciens maîtres. C'e
Ainsi, Cléanthis doit e

L'île des esclaves
(Fiche de lecture)

I. INTRODUCTION

L'Ile des esclaves est une comédie courte écrite par Pierre Carlet de Chamblain de Marivaux (1688-1763). La pièce est composée d'un acte unique, divisé en onze scènes.

Sa première représentation sur scène a lieu en mars 1725 à Paris, avec pour acteurs les Comédiens Italiens. Marivaux a d'ailleurs écrit la plupart de ses pièces pour ces derniers.

Proche de l'apologue, *L'île des esclaves* consacre un véritable mélange des genres, en se basant notamment sur l'inversion des positions sociales de ses personnages. Parmi eux, on retrouve des protagonistes types de la comédie traditionnelle, transposés cette fois dans une comédie bien plus philosophique.

II. RÉSUMÉ DE L'ŒUVRE

Le cadre de la pièce est une île de la Grèce antique (plus conventionnelle que réelle), sur laquelle l'ordre social entre valets et maîtres est inversé. C'est là qu'échouent Arlequin et son maître Iphicrate, ainsi qu'Euphrosine et suivante Cléanthis. Dès leur arrivée, tous doivent échanger leur position et leur rôle, selon la loi établie par les esclaves révoltés à l'origine dation de l'île. Trivelin, gouverneur des lieux, est le garant de cet pourquoi il veille à ce que les maîtres donnent leur nom, leurs rang à leurs serviteurs.

erniers sont amenés à dire tout ce qu'il pense d'eux à leurs st là une humiliation difficile pour les nouveaux venus. écrire Euphrosine telle qu'elle la voit ; toutefois, le gouverneur propose à cette dernière de mettre fin à cette épreuve si elle accepte de se reconnaître dans le portrait que son ancienne soubrette dresse d'elle.

Rien de manichéen, toutefois, dans cet échange de rôles. En effet, Arlequin comme Cléanthis font preuve d'humanité et se révèlent capables d'aborder la situation avec recul et respect. Certes, ils imitent parfois les gestes et caractéristiques de leurs maîtres ; mais Arlequin, attiré par Euphrosine, est rapidement touché par la souffrance que cette dernière ressent depuis son arrivée sur l'île et tous les changements brutaux qui se sont imposés à elle.

C'est pourquoi les deux anciens domestiques finissent par non seulement pardonner à leurs maîtres, mais aussi par revenir à leur ancien rôle. Euphrosine et Iphicrate sont émus et touchés, tout en éprouvant une certaine culpabilité quant à leur comportement passé. Tous se réconcilient, et les maîtres retiennent la leçon qui leur a été donnée.

Dès l'instant où ils acceptent l'enseignement de l'île, ils sont autorisés à revenir à Athènes. Avant de partir, Trivelin leur déclare ce qui constitue la morale de la pièce : « la différence des conditions n'est qu'une épreuve que les dieux font sur nous » et, soulignant la grandeur du pardon des domestiques, leur conseille fortement de réfléchir à ce geste.

Mais une leçon plus discrète vise également les valets : il ne faut pas rechercher la vengeance. L'île est bien une utopie, comme le rappelle Trivelin. En cela, il faut la considérer comme un lieu de pardon et de respect, d'autocritique et de justice.

Puis Iphicrate et Euphrosine peuvent regagner Athènes où, désormais, ils exerceront leur pouvoir et leurs droits avec sagesse, justice et humanité. C'est Arlequin lui-même qui demande un bateau.

La fin de la pièce marque donc un retour à la situation initiale : chacun retrouve sa place, ce qui est une caractéristique traditionnelle de la comédie.

III. PRÉSENTATION DES PERSONNAGES

Les valets

Les deux valets sont les personnages les plus importants de la pièce. Notons qu'il ne s'agit pas d'une innovation particulière de Marivaux, dans la mesure où la comédie accorde généralement une place de premier plan aux suivants et aux soubrettes. Leurs emplois sont généralement des outils importants de la comédie, de la réflexion sociale, et sont sources de situations variées et bien souvent cocasses. De même, les valets sont généralement les moteurs de l'intrigue, et permettent de la faire progresser, alors même que leurs maîtres paraissent inaptes à agir.

Marivaux a tout de même développé une situation nouvelle jusque-là, dans la mesure où les valets sont à la fois les acteurs principaux de l'intrigue et les sujets de l'action, et ils remplissent aussi bien leur rôle de domestiques (en tant que suivants rusés typiques) que de maîtres, une fois sur l'île. Le dramaturge a donc réussi à combiner la force traditionnelle des domestiques au retournement de situation entre maîtres et esclaves/valets.

Cléanthis

Esclave d'Euphrosine, Cléanthis dispose d'un nom grec, comme les deux maîtres de la pièce. Elle se rapproche de la figure traditionnelle de la servante (d'ailleurs Molière, dans son *Amphitryon*, met en scène une suivante portant son nom), bien plus que de la suivante telle qu'on la croise dans la commedia dell'arte.

Elle n'endosse pas le même rôle qu'Arlequin. Si ce dernier permet un recul critique certain, de même qu'un décalage par rapport à la réalité des autres personnages, de par la tradition théâtrale dans laquelle il s'inscrit, Cléanthis, elle, est rattachée au contexte spécifique de la pièce (son nom grec correspond au cadre choisi par Marivaux).

Contrairement à Arlequin, Cléanthis éprouve des difficultés à pardonner à sa maîtresse, et ressent des envies de vengeance, au point même qu'elle rendra ses habits de maîtresse presque contrainte. Trivelin lui-même doit l'orienter vers un comportement moins rancunier.

Arlequin

Le valet est un personnage type de la commedia dell'arte, sans doute le plus célèbre par ailleurs. C'est également l'un des personnages fétiches de Marivaux, qui le mettra en scène dans environ 13 pièces. Il lui a d'ailleurs donné une orientation particulière, plus sensible, plus humaniste, plus enclin à la bonté, malgré sa grande naïveté et sa bouffonnerie traditionnelle.

Souvent très crédule, Arlequin s'éloigne de l'image du valet rusé dans de nombreuses pièces. Ici, la pièce s'ouvre sur un valet paresseux, bon vivant et insolent, dès lors qu'il comprend comment fonctionne l'île (c'est-à-dire en sa faveur).

Mais peu à peu, Arlequin, à travers ses imitations, sa capacité à feindre la stupidité et son sens de l'ironie prennent une place plus humaine et sensée. Même sa générosité apparaît au grand jour, très liée d'ailleurs à sa capacité à pardonner à son maître.

Au final, Arlequin devient un porte-parole majeur de *L'île des esclaves* : celui de la voix du cœur, tout en étant un moteur véritable de l'action et de la morale de la pièce. Cela permet à Marivaux de délivrer son message moraliste et humaniste à destination des puissants. Il prône alors le pardon et la justice, plutôt que la vengeance et les abus de pouvoir.

Les maîtres

Iphicrate

Iphicrate est un général de la ville d'Athènes. L'étymologie grecque de son nom illustre bien sa position et son rang social, dans la mesure où elle signifie « qui règne par la violence ».

Le maître d'Arlequin vit mal les premiers instants de sa déchéance sur l'île, puisqu'il passe successivement de la tristesse au désespoir et à la colère.

Euphrosine

Son nom signifie « la bienveillante » en grec. Elle est la maîtresse de Cléanthis, et appartient comme Iphicrate à la noblesse athénienne.

Son portrait en fait une femme coquette (ce qui, pour le dramaturge, était un trait exaspérant), mais aussi très réticente à regarder la vérité en face, dans la mesure où elle a du mal à accepter le portrait que Cléanthis dresse d'elle devant Trivelin.

Trivelin

Trivelin est le gouverneur de l'île. En tant que tel, il a pour fonction de faire régner l'ordre instauré environ un siècle auparavant, en s'assurant que les rôles sont bien inversés entre les maîtres et les valets.

Trivelin est un ancien esclave ; désormais, il a laissé de côté toute volonté de vengeance, et fait preuve d'une certaine douceur dans son traitement des anciens maîtres. Il endosse souvent le rôle de médiateur, lorsque les esprits s'échauffent. De même, c'est lui qui délivre la leçon de morale finale.

IV. AXES D'ANALYSE

Les épreuves

Le renversement des rôles sur l'île implique une série d'épreuves par laquelle doivent passer les anciens maîtres.

Iphicrate et Euphrosine ne se confrontent toutefois pas de la même manière à leurs valets. En effet, le maître d'Arlequin reste dans le domaine de la rationalité et de l'argumentation lorsqu'il échange avec son valet ; tandis qu'Euphrosine, de son côté, fait face au désir de vengeance et d'humiliation de Cléanthis. Mais quelle que soit la méthode adoptée (ou subie) par les valets, l'idée de la mise à l'épreuve a pour objectif final de faire vivre aux anciens maîtres la fragilité d'une position sociale, leur faire reconnaître la réversibilité de leur rang, afin d'évoluer, à terme, vers un plus grand respect de l'humanité de chacun.

Si rien de formel n'est prévu pour la mise à l'épreuve, à l'exception de l'échange des vêtements, des noms, etc., on peut néanmoins relever plusieurs mouvements dans la structure de la pièce, qui correspondent à ce que vivent les personnages :

- L'ouverture ou l'exposition de la pièce, avec la découverte de l'île et de son fonctionnement.
- Une première épreuve pour les maîtres, celle des serviteurs amenés à leur dire leurs vérités et dresser leur portrait : cela se passe bien pour Iphicrate ; mais Euphrosine a beaucoup de mal à reconnaître tout ce qu'avoue Cléanthis à son sujet, d'autant que la soubrette se montre bavarde : elle présente son ancienne maîtresse comme une femme coquette et un peu trop précieuse dans son comportement.
- Une seconde étape est celle de la séduction galante et mondaine, mimée par les anciens domestiques. Les maîtres sont confrontés

à une déviation du désir, faisant sauter les barrières sociales (ce qui est fondamentalement nouveau pour eux). Ainsi, Arlequin cherche à séduire Euphrosine.

Dans ces deux « épreuves », les maîtres voient leur pouvoir confisqué par les valets, grâce à la force du langage notamment.

- Après ces différentes « épreuves » (voire humiliations à certains moments), le moment vient de délivrer une leçon de morale. Nous l'avons vu, celle-ci privilégie l'humanité, la bonté, le respect et la justice entre les êtres humains.

Explication du titre

On peut s'interroger sur la signification du titre de la pièce, *L'île des esclaves*.

L'île, d'abord, fait référence au cadre géographique de la pièce. Il s'agit bien d'un microcosme coupé du reste du monde, à l'écart de la société athénienne dans laquelle vivent les personnages, à l'origine.

Dans la tradition littéraire, l'île est le lieu de l'isolement, mais aussi de la confrontation entre cultures et entre classes sociales.

Plus largement, il est intéressant de rappeler que nous avons affaire à une utopie. Marivaux le rappelle par le biais de Trivelin. Or l'île est un lieu idéal pour développer une société idéale imaginaire. C'est peut-être pour cela que tant d'auteurs ont eu recours à cette forme géographique pour développer leur utopie propre ; parmi eux Thomas More, l'inventeur du terme utopie.

Appliqué à la pièce, ce choix permet de placer les personnages dans un lieu de transit entre le pur imaginaire (l'idéal) et leur réalité. L'île souligne aussi l'opposition entre les valets, pour qui elle est synonyme d'ouverture et de renouveau, de liberté, et leurs maîtres, qui se retrouvent enfermés dans ces lieux.

L'arrivée sur l'île est également un élément qui n'est pas anodin. Les protagonistes s'y échouent. Or le naufrage peut être interprété comme une mort symbolique, de même que chez d'autres auteurs, l'exil hors d'une cité (on peut citer Shakespeare, en particulier). Cette mort symbolique et non physique implique que pour pouvoir revenir au monde, les personnages vont devoir se transformer.

En réalité, la question de la Grèce antique et de la réalité de l'île importe beaucoup moins que son caractère coupé du monde, isolé, et novateur socialement. De son histoire, nous apprenons uniquement que des esclaves grecs (des domestiques pour la plupart, en termes contemporains) en fuite et révoltés ont procédé à la création d'une société où l'ordre social est inversé. L'île fonctionnerait donc ainsi depuis une centaine d'années environ.

Puissance et société

La pièce est construite sur l'inversion des rangs sociaux entre valets et maîtres. Nous l'avons vu, il s'agit d'un procédé traditionnel dans les comédies. On peut s'interroger, dès lors, sur l'usage que Marivaux cherche à en faire pour sa propre pièce.

L'inversion des rôles permet d'interroger, à travers les leçons, les épreuves et les réactions des personnages, l'essence de la nature humaine. Car échanger les rôles ne consiste pas seulement en une passation de nom et de vêtements. Il s'agit surtout d'éprouver le sentiment de puissance, de tester la soif de vengeance et la capacité à surmonter l'humiliation des personnages.

De plus, Marivaux montre à quel point l'obtention du pouvoir peut susciter des tendances à la tyrannie et à l'oppression. Si l'on met cette constatation en rapport avec le siècle du dramaturge, nous nous apercevons que cela sert à critiquer la noblesse de sang, le fossé entre riches et pauvres... pour autant, Marivaux n'appelle pas à la révolution, bien loin de là. Il incite plutôt à une réforme des mœurs et des sentiments, bien plus en douceur, ce qui passe bien à travers le personnage de Trivelin.

Dans la même collection en numérique

Les Misérables
Le messager d'Athènes
Candide
L'Etranger
Rhinocéros
Antigone
Le père Goriot
La Peste
Balzac et la petite tailleuse chinoise
Le Roi Arthur
L'Avare
Pierre et Jean
L'Homme qui a séduit le soleil
Alcools
L'Affaire Caïus
La gloire de mon père
L'Ordinatueur
Le médecin malgré lui
La rivière à l'envers - Tomek
Le Journal d'Anne Frank
Le monde perdu
Le royaume de Kensuké
Un Sac De Billes
Baby-sitter blues
Le fantôme de maître Guillemin
Trois contes
Kamo, l'agence Babel
Le Garçon en pyjama rayé
Les Contemplations

Escadrille 80

Inconnu à cette adresse

La controverse de Valladolid

Les Vilains petits canards

Une partie de campagne

Cahier d'un retour au pays natal

Dora Bruder

L'Enfant et la rivière

Moderato Cantabile

Alice au pays des merveilles

Le faucon déniché

Une vie

Chronique des Indiens Guayaki

Je voudrais que quelqu'un m'attende quelque part

La nuit de Valognes

Œdipe

Disparition Programmée

Education européenne

L'auberge rouge

L'Illiade

Le voyage de Monsieur Perrichon

Lucrèce Borgia

Paul et Virginie

Ursule Mirouët

Discours sur les fondements de l'inégalité

L'adversaire

La petite Fadette

La prochaine fois

Le blé en herbe

Le Mystère de la Chambre Jaune

Les Hauts des Hurlevent

Les perses

Mondo et autres histoires

Vingt mille lieues sous les mers

99 francs

Arria Marcella

Chante Luna

Emile, ou de l'éducation
Histoires extraordinaires
L'homme invisible
La bibliothécaire
La cicatrice
La croix des pauvres
La fille du capitaine
Le Crime de l'Orient-Express
Le Faucon malté
Le hussard sur le toit
Le Livre dont vous êtes la victime
Les cinq écus de Bretagne
No pasarán, le jeu
Quand j'avais cinq ans je m'ai tué
Si tu veux être mon amie
Tristan et Iseult
Une bouteille dans la mer de Gaza
Cent ans de solitude
Contes à l'envers
Contes et nouvelles en vers
Dalva
Jean de Florette
L'homme qui voulait être heureux
L'île mystérieuse
La Dame aux camélias
La petite sirène
La planète des singes
La Religieuse
1984 A l'Ouest rien de nouveau
Aliocha
Andromaque
Au bonheur des dames
Bel ami
Bérénice
Caligula
Cannibale
Carmen

Chronique d'une mort annoncée

Contes des frères Grimm

Cyrano de Bergerac

Des souris et des hommes

Deux ans de vacances

Dom Juan

Electre

En attendant Godot

Enfance

Eugénie Grandet

Fahrenheit 451

Fin de partie

Frankenstein

Gargantua

Germinal

Hamlet

Horace

Huis Clos

Jacques le fataliste

Jane Eyre

Knock

L'homme qui rit

La Bête humaine

La Cantatrice Chauve

La chartreuse de Parme

La cousine Bette

La Curée

La Farce de Maitre Pathelin

La ferme des animaux

La guerre de Troie n'aura pas lieu

La leçon

La Machine Infernale

La métamorphose

La mort du roi Tsongor

La nuit des temps

La nuit du renard

La Parure

La peau de chagrin
La Petite Fille de Monsieur Linh
La Photo qui tue
La Plage d'Ostende
La princesse de Clèves
La promesse de l'aube
La Vénus d'Ille
La vie devant soi
L'alchimiste
L'Amant
L'Ami retrouvé
L'appel de la forêt
L'assassin habite au 21
L'assommoir
L'attentat
L'attrape-coeurs
Le Bal
Le Barbier de Séville
Le Bourgeois Gentilhomme
Le Capitaine Fracasse
Le chat noir
Le chien des Baskerville
Le Cid
Le Colonel Chabert
Le Comte de Monte-Cristo
Le dernier jour d'un condamné
Le diable au corps
Le Grand Meaulnes
Le Grand Troupeau
Le Horla
Le jeu de l'amour et du hasard
Le Joueur d'échecs
Le Lion
Le liseur
Le malade imaginaire
Le Mariage de Figaro
Le meilleur des mondes

Le Monde comme il va

Le Parfum

Le Passeur

Le Petit Prince

Le pianiste

Le Prince

Le Roman de la momie

Le Roman de Renart

Le Rouge et le Noir

Le Soleil des Scortas

Le Tartuffe

Le vieux qui lisait des romans d'amour

L'Ecole des Femmes

L'Ecume Des Jours

Les Bonnes

Les Caprices de Marianne

Les cerfs-volants de Kaboul

Les contes de la Bécasse

Les dix petits nègres

Les femmes savantes

Les fourberies de Scapin

Les Justes

Les Lettres Persanes

Les liaisons dangereuses

Les Métamorphoses

Les Mouches

Les Trois mousquetaires

L'étrange cas du Dr Jekyll et de Mr Hyde

L'Ile Au Trésor

L'île des esclaves

L'illusion comique

L'Ingénu

L'Odyssée

L'Ombre du vent

Lorenzaccio

Madame Bovary

Manon Lescaut

Micromégas

Mon ami Frédéric

Mon bel oranger

Nana

Ne tirez pas sur l'oiseau moqueur

Notre-Dame de Paris

Oliver twist

On ne badine pas avec l'amour

Oscar et la dame rose

Pantagruel

Le Misanthrope

Perceval ou le conte du Graal

Phèdre

Ravage

Roméo et Juliette

Ruy Blas

Sa Majesté des Mouches

Si c'est un homme

Stupeur et tremblements

Supplément au voyage de Bougainville

Tanguy

Thérèse Desqueyroux

Thérèse Raquin

Ubu Roi

Un Barrage contre le Pacifique

Un long dimanche de fiançailles

Un secret

Vendredi ou la vie sauvage

Vipère au poing

Voyage au bout de la nuit

Voyage au centre de la terre

Yvain ou le Chevalier au lion

Zadig

À propos de la collection

La série FichesdeLecture.com offre des contenus éducatifs aux étudiants et aux professeurs tels que : des résumés, des analyses littéraires, des questionnaires et des commentaires sur la littérature moderne et classique. Nos documents sont prévus comme des compléments à la lecture des oeuvres originales et aide les étudiants à comprendre la littérature.

Fondé en 2001, notre site FichesdeLectures.com s'est développé très rapidement et propose désormais plus de 2500 documents directement téléchargeables en ligne, devenant ainsi le premier site d'analyses littéraires en ligne de langue française.

FichesdeLecture est partenaire du Ministère de l'Education du Luxembourg depuis 2009.

Plus d'informations sur www.fichesdelecture.com

Notes :